KB275379

세계의 순수純粹

세계의 순수純粹

권효진 시집

學而思 학이사

4부 세계의 순수純粹

1부

섬에 오신 것을 환영합니다

섬에 오신 것을 환영합니다

섬에 오신 것을 환영합니다
당신은 지상 최대의 낙원, 유토피아에 있습니다
이 섬에는 산과 강, 하늘과 바다와 별이 있습니다

이제 당신은 이 섬의 주인이며, 왕입니다
당신이 곧 이 섬입니다

섬에 오신 것을 진심으로 환영합니다
이 섬에서,
이 섬과 더불어,
이 섬을 사십시오

당신이 바로 유토피아입니다.

삼월의 바다

아직 새잎이 나지 않은 나무를 위해
바다는 새콤달콤한 이야기의 포말을 피워 올립니다
오래전 바다의 신이 들려주었던 신탁神託의 비밀을 가볍게
풀어
아기자기한 거품처럼 일어났다가 아스라이 사라지는 파도
처럼

이 모든 것이 어디에서 왔는지 말해주려고,
바다는 가끔 손뼉을 쳐주기도 합니다
아직 푸른 잎으로 피어나지 못한
모든 생명들에게 말합니다
때로는 조용조용 속삭이다가
가끔은 철썩, 큰소리를 내기도 합니다

기다려 보라고,
그러면 새로운 꿈들이 새록새록 얼굴을 내밀 거라고,
결코 조급하게 굴지 말라고 합니다
채근하지 않아도 올 것은 반드시 오고야 만다고,
그게 바로 '봄'이라고 합니다.

나는 봄이로소이다

나는 봄이로소이다
씨앗에서 이제 막 깨어나
세계를 만난 여린 새싹
지극히 작고도 보잘것없지만 위대한 생명,
봄이로소이다

아무도 오지 않는 산속에서
홀로 자라나 꽃을 피우려고
두근대는 마음으로 햇볕을 마주하고 선 나는
봄이로소이다

이토록 간절히 기다리는 마음뿐이니
나는 봄이로소이다
오직 혼자만이 설레는 봄,
나는 꿈꾸는 봄이로소이다.

우주의 꽃

꽃잎도 없고 향기도 없지만
환한 빛으로 피어나는
한 꽃송이

너는
우주의
완전한
한,
꽃,
송,
이.

사물의 언어

사물의 말을 알아듣고
사물의 몸짓을 이해하게 될 때
사물과 소통하게 된다
내가 말하는 것이 아니라,
사물이 나를 통해 말을 하고
나는 또 사물을 통해 나의 말을 하는 것이다

우리는 그것을 상징이나 비유라고 부르지만
실은 그것이 본래의 말이고
본래의 의미이며
본래의 몸짓이었던 것이다

우리는 그 말을 알아듣지 못하여
그토록 오랜 밤 창가에 서서
귀 기울이고 있었던 것이다.

詩

詩란
한 줌 흙으로 돌아갈 육체 위에 짓는 노래의 집

노래는 본래 형체도 없고,
색도 없지만
의식 속에 무늬를 만들고
기억 속에 집을 짓는다

詩가 노래이고,
詩가 집이고,
詩가 그 무엇이 된다 해도
결국 詩는 모래 위에 짓는 집이요
한 줌 흙 위에 피는 꽃과 같다

사는 동안
詩 한 편 지어본다는 것은
자신의 먼지 같은 육신을 위해
고운 노래 한 수 짓는 것과 다름없다.

초롱꽃 뿌리

초롱꽃 뿌리를 얻어온 날
나는 그 화분에 숨겨져 있던
비밀을 얻어왔다

싹을 틔우지 못한 채
붉은 토분 속에 숨겨져 있던 뿌리를 얻어오던 날,
오랫동안 꿈꾸던 신비를 가져온 것이다

이제 나는 그 작은 뿌리를
우리 집 빈 화분에 심어두고,
새로운 꿈을 꾸고 있다
오랜 비밀을 풀고 나올 요정들을 기다리는 중이다.

춤추는 발레리나

사람이 꽃으로 피어난다는 것을
보여주려고 태어난 그대여

침묵 속에서 영혼이 피워 올리는 꽃을
보여주려고 태어난 그대여

온몸으로 허공 속에 꽃을 그려 보이며
마침내 그대 자신이 꽃임을 보여주는 그대여

시간이 허공 속에
꽃 한 송이 피워 올리는 것을
온몸으로 보여주는 그대여

그대, 춤추는 꽃 한 송이
허공 속에 피어난 詩 한 편.

콩 한 알

한 알의 콩 안에 무엇이 들어있는가

콩이 콩이지
그 안에 또 무엇이 들어있냐고 한다면,
사람은 그 안에 무엇이 들어있냐고 물을 때
무엇이라 대답하리

콩 한 알에 우주가 다 들어가 있는데
사람 안에 우주가 다 들어가지 못할 이유가
어디에 있을까

콩 한 알이
그래서 귀한 것이다.

콩새

콩을 좋아해서
콩을 먹는 콩새

콩 한 알에 우주가 다 들어있으니
콩새는 우주를 삼킨 것이다

콩을 먹고 하늘을 나는 콩새를 보면
내가 우주 속에서
홀로 서있음을 알게 된다.

사랑이 뭐냐고 물으면

사랑이 뭐냐고 누가 물으면
나는 이렇게 대답하겠다
콩새 한 마리가 콩 한 알을 깨물어 먹는 거라고

콩새가 있고
콩이 있어
나는 콩을 먹는 콩새를 본다
그 속에 사랑이 다 들어있는 줄을 안다

콩이 없으면 콩새도 없고,
콩새가 없으면 나도 없는 거니까.

도토리 키재기

도토리가 아무 말도 하지 않는 것은
도토리와 도토리가 다 똑같기 때문이다

크고 작은,
길고 짧은 차이가 조금씩 있지만,
거기서 거기라는 것을 도토리는 다 안다

그래서 발길에 채여
떼구르르 굴러도
'끽' 소리 안 하는 것이다

그래 봐야 거기서 거기니까.

집을 위한 서곡

안단테, 안단테[1]
포르테, 포르테[2]
집을 찾아가는 길은 얼마나 먼가요

내가 쉴 수 있는 집,
내가 영원히 머물 수 있는 집은
도대체 어디에 있나요

집을 위한 노래를 불러주세요
내 마음이 더 이상 길을 헤매지 않고
편안하고 따뜻한 나의 집으로 갈 수 있도록,
아름다운 노래를 불러주세요
그 노래를 듣는다면 나는 길을 잃지 않고
무사히 집으로 돌아갈 수 있을 거예요

집을 위한 노래를 불러주세요
안단테, 안단테,
포르테, 포르테.

1) 안단테: 악보에서 느리게 연주하라는 말. andante(이탈리아어)
2) 포르테: 악보에서 세게 연주하라는 말. forte(이탈리아어)

있고말고

마음 안에 다 들어있다는 게
참말입니까?

있고말고, 다 있고말고

마음 안에 세계가 다 들어있다는 게
진실입니까?

있고말고, 진실이다마다

이 세상, 이 우주가
다 마음 안에서 나온 거라네
네 마음속에 다 들어있으니,

지금 네 눈앞에 놓인 것을
잘 들여다보면
그것이 마음속에서 나온 것인 줄을 알리라.

상념의 나무

내 상념은 커다란 나무입니다

태어나던 순간부터
내 마음속에서 자라난 상념의 나무에는
내가 기억하는 맨 처음의 모자도 있지만
내가 기억하지 못하는 알 수 없는 모자도 있어요

내가 기억하는 네 살 때의 집도 매달려 있고,
기억하지 못하는 내가 태어난 집도 매달려 있어요
사랑했던 친구들도 있고,
내가 사랑했으나 나를 싫어했던 친구도 있고,
나를 사랑해 주었으나 내가 그것을 깨닫지도 못한
고맙고도 미안한 친구도 있어요
무서운 영화의 한 장면도 들어있고,
잔인한 영화보다 더 악착같은 사람들이 내뱉은 욕설도 매
달려 있는데
그것들은 사나운 바람이 불 때마다 흔들거리면서 나를 괴
롭히기도 해요

내가 원하지 않았던 더럽고, 무섭고, 끔찍한 것들도 주렁

주렁 매달려 있어요
　그렇다고 내가 원했던 것들이 모두 아름답고 선한 것들은
아니었어요
　욕심으로 고른 것들은 모두 독이 든 사과였지요

　나는 지금 상념의 나무에 무엇이 매달려 있는지
　하나하나 살펴보는 중이에요
　아직도 어느 사과에 독이 묻어 있는지 다 알아내지 못했거
든요

　숨을 쉴 때마다, 생각할 때마다 자라나는 상념의 나무에
　이제는 그만, 고운 것만 매달렸으면 좋겠어요
　빨갛게 잘 익은 사과도 좋고 속살이 부드러운 멜론도 좋
아요

　눈 녹은 뒤의 강물 소리와 새벽 아침의 새소리가 매달리고,
　향기로운 장미와 백합 같은 사랑하는 친구가 더 많이 있
다면
　내 상념의 나무는 그윽하고 아름다운 향기나무가 되겠지요
　지상에 있어도 천상에 있는 듯,

아름다운 상념의 나무를 키우려고
나는 오늘도 혼자 가지치기를 하고,
벌레 먹은 상념들을 골라내고 있어요.

2부
숨겨진 비밀

어머니를 위한 노래

어머니!
사랑하는 나의 어머니!
고귀한 사랑으로 당신의 가슴을 가득 채워드립니다
당신께서 제게 주신 그 사랑을 이제 다시 돌려드립니다

당신의 사랑은 아름다운 향기로 제 마음속을 채우고
제 영혼마저 향기롭게 합니다

어머니!
사랑하는 나의 어머니!
긴 세월, 고통의 격랑을 헤쳐 가느라
등이 굽고, 허리 마디가 부서지고, 무릎이 부서져 나간
안타까운 어머니!
육신의 고통은 잠시 잊어주시고,
영혼의 아름다운 노래를 들어주세요

당신을 향한 나의 사랑이
당신의 영혼 가득 채워지도록
어머니, 저의 노래를 들어주세요
사랑하는 나의 어머니!

고마워요
사랑해요
한없이 고맙고,
한없이 사랑하는 나의 어머니!

아버지의 선물

내가 어디에서 왔는지도 모르고 사는 동안
나는 수없이 많은 길을 헤매 다녔다

자기가 어디에서 왔는지 모르는 사람은
그렇게 끊임없이 길을 찾아 헤맨다는 것을
알았을 때, 나는 겨우 한숨 돌리고 쉴 수 있었다

내가 처음 길을 떠났던 그곳이 바로
아버지의 집이었음을 알았을 때
나는 늙으신 아버지께
사랑한다는 말을 할 수 있었다

사랑해요, 아버지
나도 사랑한다, 우리 딸

서로 사랑한다는 말을 하기 위해
그토록 많은 길을 헤맸구나

그것을 가르쳐 주신 아버지, 감사합니다
이제 나는 당신의 집에서 편히 쉽니다.

아버지께서 부르시면

오늘 아버지께서는 안녕하신지요?
아버지, 사랑하는 나의 아버지
자주 안부 여쭙지 못해 죄송해요
그래도 마음속으로는 늘 아버지 생각하며 지내요

아버지, 사랑하는 나의 아버지,
오늘도 무사히 잘 지내시리라 생각해요
아버지께서 저를 부르시면
얼른 달려갈게요
무슨 일이든, 아버지께서 부르시면
언제든지 달려갈게요

아버지, 사랑하는 나의 아버지,
오늘도 저는 감사하는 마음으로
아버지를 생각해요

사랑해요,
감사해요,
나의 아버지.

우리가 만난 날

우리가 만난 날을 생각해 봐
너와 내가 만난 그날은
세계와 세계가 만난 날이야

우리가 만난 그날,
너의 모든 순간들이 나의 순간이 되었고,
너의 모든 기억들과 향기가 나의 그것들이 되었지

우리가 만난 그날,
아직 열리지 않았던 세계의 문이 열리고,
너와 내가 하나가 되었을 때
우리는 거대한 우주를 만든 거야

우주 속의 우리가 반짝반짝 빛나고 있을 때
또 다른 우주가 우리와 연결되는 걸 보았지
무한한 우주가 우리를 끌어당겨 품어주었을 때
우리도 무한한 우주가 된 거야

너와 내가 만난 그 순간
우리는 우주를 만났고,

무한한 우주가 되었던 거야.

서랍 속의 초콜릿

아직까지 너에게 초콜릿 하나 사주지 못한 나는,
네게 보내지 못한 편지를
서랍 속에 넣어둔 채 수십 년을 보낸 나는,
용기 없고, 비겁하고, 어리석고, 욕심 많은 인간이다

그러나 이제 서랍 속엔 아무것도 없다
텅 빈 서랍 속에 남은 것은
오직, 마음 하나뿐
이제 내가 줄 수 있는 것은
내 마음뿐이다

나는 텅 비어,
시든 육체를 부여잡고 있으나
이제 훌훌, 자유롭다

더 이상 있지도 않은 초콜릿을 어찌하리
그것은 이미 뱃속에서 녹아 사라져 버렸고,
서랍 속의 초콜릿은 네 기억 속에 남아있을 뿐이니,
이제 그만 먼 기억 속에서 나와보렴

오늘, 서랍 속은 텅 비었고
남은 것은 마음뿐이니
내 마음이 어디로 가고 있는지 보아주려무나.

우리 이제 그만 싸우자

이제 우리 그만 싸우자
살아갈 날도 얼마 남지 않았는데

우리 이제, 그만 싸우자
싸우는 게 지겹기도 하거니와
싸울 만한 일도 딱히 없는 것 같으니

우리 이제, 그만 싸우자
돌아보니 싸울 만한 것 하나도 없는데
괜스레 애태우며 열나게 싸웠더라

지나고 나면 아무것도 아닌데,
지나고 나면 다 꿈인데
우리 이제 그만 싸우자.

고요한 바다

세상에 존재하는 모든 바다는
'하나의 바다' 다
그 바다가 어디에 있든
그 모든 바닷물은 하나의 바다다

우리가 바라보는 그 자리에 서서
이름 붙여 놓은 바다의 고향은 모두 한곳이다
지구의 가장 은밀한 그곳이
바로 생명의 근원이요
바다의 고향이다

우리는 햇빛을 받아 반짝이는 수면을 바라보기만 할 뿐
바닷물이 어디에서 생성되었는지는 별로 생각해 보지 않는다

먼바다나 가까운 바다나 세상의 모든 바닷물이
결국 한곳에서 솟아난 하나의 생명임을
고요한 바다가 가르쳐 주었다.

아기를 위한 노래

아가야! 사랑스런 아가야!
내가 너를 위해 기도하고,
너를 위해 노래 부르노라

아가야! 사랑스런 아가야!
나는 항상 너와 함께 하니,
너는 아무것도 걱정하지 마라

온 세상이 너를 위해 환하게 길을 밝혀주고
온 우주가 너를 위해 따뜻한 손길을 내밀 테니,
아가야! 너는 아무 걱정하지 마라

날마다 기쁜 미소로 활짝 피어나거라, 아가야!
언제나 해맑게 웃으며 너의 길을 찾아가거라
빛나는 태양이 날마다 네 앞길을 환히 밝혀주리라

너는 나의 사랑스러운 아가이니!
내가 온 마음을 다 바쳐 기도하리라!
너와 내가 하나이듯,
온 세상의 사랑이 너와 하나 되리라.

생生의 블루

그것은 생生의 열정이었다
의식 속에서 풀어지던 코발트블루
그것은 영원에서 뿜어져 나오는
깊고도 푸른 열정이었다

영원히 죽지 않고,
사라지지도 않는
생生의 블루,
그것은 영원한 젊음이었던 것이다.

서두르지 마라

아직 익지도 않은 열매 앞에서
서성거리는 아이야
서두르지 마라

네 키가 자라는 동안의 시간이 필요한 것처럼
열매가 익는 데에도 시간이 필요하단다

햇빛과 바람과 비가 서로 달래고 어루만져 주는 만큼
달고 맛있는 열매가 익듯이
너 또한 그러하리라

때로는 햇볕 속에서 신나게 놀 수 있지만
때로는 폭풍우를 맞닥뜨릴 수도 있으니
그 무엇이 다가오더라도 두려워 말고,
서두르지 마라

때가 되면 비바람도 그치고,
다시 해가 밝게 비출 것이니.

사랑으로 말미암아

너랑 나랑 함께 사는 세상이
사랑으로 말미암아 태어난 것임을 알게 될 때

우리의 눈부신 세포들이 하나하나
결 고운 별빛가루임을 알게 될 때

우리가 온 곳도,
우리가 돌아갈 곳도
사랑으로 말미암은 세계이니
우리는 날마다 사랑한다고 말하지 않을 수 없다

너랑 나랑은
본디 사랑 그 자체이기에
사랑한다고 말하지 않을 수 없는 것이다.

마주 보는 사람의 눈

42

마주 보는 사람의 눈을 바라본 적 있나요
그 사람의 눈빛을 본 적이 있나요
그 눈빛 속에 무엇이 담겨있는지
본 적이 있나요

지금 당신과 함께 있는 사람의 눈을
가만히 들여다보세요
그 사람의 눈빛이 무엇을 말하는지
가만히 느껴보세요

눈빛 속에 무엇이 담겨있는지
가만히, 가만히 귀 기울여 보세요
소리로는 다 전할 수 없는
진심이 그 안에서 반짝이고 있을 거예요.

낚시

詩를 쓰는 것은
깊은 호숫가에 앉아 낚싯대를 드리우고 있다가
물고기 한 마리 낚아 올리는 것과 같다

호수 깊은 그 아래
물고기가 살고 있듯이
詩가 살고 있는 것이다

詩를 쓰는 것이
물고기를 낚아 올리는 것과 같으니
낚시하는 것은 詩를 쓰는 것과 같다

다만, 낚시가 물고기를 죽이는 것에 지나지 않는다면
시를 쓰는 것과 견줄 수가 없다

그것이 사람을 살리는지, 죽이는지
그것이 영혼을 살리는지, 죽이는지를
잘 생각해 보면
낚시가 시 쓰기와 같은 이치를 알리라.

숨겨진 비밀

숨겨진 비밀이란 없다
비밀은 숨겨져 있을 때만 비밀이라고 불린다
그러니 숨겨진 비밀이란 없다
그것은 모두 드러나게 되어 있기 때문이다

세상에 존재하는 것 모두가
숨겨진 비밀이 드러났기 때문에 존재하는 것이다
우리가 보고, 듣고, 느끼는 모든 것이
숨겨져 있던 비밀이 드러난 것들이다
그러니까 우리는 날마다 드러나는 숨겨져 있던 비밀을
보고, 듣고, 느끼고 있는 것이다
그것들이 어디에 숨겨져 있다가 드러나는 것인지만
곰곰이 생각해 봐야 할 뿐이다

우리가 살아가면서 부딪치는 모든 일들이
누군가의 비밀이 드러난 것이니,
그것이 어디에서 나온 것인지 좀 생각해 봐야 한다
그것이 진짜 '숨겨진 비밀' 이니까.

고요한 빈 들

고요한 들판에 아무것도 없는 듯하여도
아무것도 없는 것이 아닌 것은
고요가 그 모든 것을 다 가지고 있기 때문이다

고요는 없는 듯한 채로 존재하며
그 모든 것을 잠재우고,
또한 모든 것을 일깨워 살아나게 하니,
고요는 텅 빈 채로
삶과 죽음을 아우른다

고요한 빈 들에
가만히 서 있으면
그 모든 것이 아득하게 왔다가
그 모든 것이 아득하게 사라진다
그러고 나면,
오직 나 혼자 서있음을 깨닫게 된다
고요와 한 몸이 된 나를 보게 된다.

내 마음속 바다

아무도 모르게 출렁였던 바다가
이제는 고요해졌습니다

사랑이 무언지도 모르면서
사랑을 찾아 헤맬 때
나는 바다에서 한없이 울었습니다
하지만 이제는 울지 않아요
더 이상 바다 앞에서
울지 않아도 되니까요

내가 찾던 그 사랑이
바로 내 마음속에 있다는 것을 알았고,
이제 나는 내 마음속 바다에서
고요하기 때문입니다

내 마음속 바다는
한없이 고요하기만 해서
그 어떤 폭풍우가 몰아쳐도
출렁이지 않아요

먼 달의 바다처럼
내 마음속 바다는
고요하고 잔잔합니다
그것이 바로 끝없는 바다의 사랑인 줄
나는 이제야 알았습니다

내 마음속 바다,
그것은 사랑이었습니다.

3부

길을 잃은 친구에게

길을 잃은 친구에게

길을 잃은 친구를 위해
나는 진심으로 안전하기를 기도한다
길을 잃은 그곳에서도 무사하기를 빈다

어디에서부터 잘못된 것인지,
언제부터 잘못된 길로 접어들었는지
그것을 생각하느라 혼란스러워진다면
잠시 생각을 멈춰라

친구여!
어디선가 바람이 불어오지 않는가?

바람의 숨결이 느껴진다면,
바람이 불어오는 곳으로
바람과 얼굴을 마주한 채 걸어가게!

그곳이 바로 당신이 가야 할 길이라네
그 숨결이 바로 당신의 생명이니
친구여!
부디, 바람이 불어오는 그곳으로 가게나

바람이 부는 곳으로.

일

어둠이 지나고 나면
밝음이 찾아온다

그대 어두운 길을 가고 있다면
곧 밝은 길을 가게 되리라

어디에 있든, 무엇을 하든
항상 낮과 밤이 교차하고,
그 가운데 사람이
홀로
걸어가고 있음을 알면 되는 것

인생이란,
그것을 깨닫는 여정일 뿐이니,

밤이 가면 낮이 오고,
낮이 가면 밤이 오는 이치를
생각하고,
또,
생각해 볼 일이다.

어둠을 두려워 마라

어둠을 두려워 마라
네가 태어난 곳이 어둠이었으니
어둠을 보거든 거기에서 네가 나왔거니 하여라

그러나 그 어둠 속으로 다시 돌아가지 마라
어둠은 곧 사라지고 밝은 날이 시작되니,
어둠을 보거든 이제 곧 날이 밝을 줄 알아라

시간은 끝없는 우주와 같고,
네가 나온 어둠과 다가오는 밝은 날이
언제나 네 곁에 함께 머물고 있으니
너는 어디로 가려느냐?

곧 사라질 어둠 속으로 가겠느냐?
다가오는 밝은 세상으로 걸어가겠느냐?

때가 되면
너 또한 빛인 줄 알게 되리라.

도무지 길을 찾을 수 없을 때

마음이 길을 잃고 헤맬 때는
아무것도 보이지 않는다
눈을 뜨고 사물을 보고 있어도
아무것도 보지 못하는 것과 같다

눈을 뜨고 있어도,
무언가를 보고 있어도
아무것도 보지 못한다면
그것은 마음이 길을 잃었다는 증거다

마음이 길을 잃고 있다는 것을 알아차렸다면
이제 그 마음이 무엇인지 알아차려야 할 때다

가만히 숨을 고르고 있으면
마음이 말을 걸어온다
마음이 말을 걸어올 때까지
가만히,
고요하게 있으면
마음이 길을 가르쳐 줄 것이다

마음에게 물어보아라
그러면 마음이 길을 가르쳐 줄 것이다
다 가르쳐 줄 것이다.

어둠이 몰려올 때

온 세상이 암흑 속에 가라앉을 때
빛나는 등불 하나 있습니다
나는 그 빛을 따라 허우적거리며 발걸음을 떼어봅니다

허기에 지치고,
오랜 방랑으로 인해 온몸이 만신창이가 되어버렸지만,
나는 그 빛을 따라가기로 합니다
지금 그 등불만이
오직 내 삶을 구원해 줄 수 있음을 알기 때문입니다

내가 누구인지 알기 위해서라도
나는 그 빛을 따라가야 합니다
환한 등불 가까이에 서면
내 모습이 얼마나 만신창이가 되었는지
적나라하게 볼 수 있겠지요

하지만 나는 내 초라한 모습이 훤히 들여다보여도
상관하지 않습니다
그 등불이 온몸을 녹여주고,
지친 내 영혼을 어루만져 줄 거라는 믿음이 있으니까요

아! 온 세상이 어둠에 묻혀가고 있어도
나는 두렵지가 않습니다
저기 저 등불은 영원히 꺼지지 않는 등불이며,
저 불빛이 내게 따뜻하게 손짓하기 때문이지요

나는 이제 더욱더 힘을 내어 발을 내딛습니다
한 발, 한 발, 걸음을 옮기는 것조차 힘이 들지만
내 마음은 한없이 기쁘기만 합니다
알 수 없는 기쁨이 내 마음을 위로해 주고 있을 뿐만 아니라
어디로 가야 할지 몰라 한없이 두렵기만 하던 마음도
어느새 편안하기만 합니다

이젠, 두렵지 않아요
조금씩 등불이 가까워질수록
나는 더 진한 기쁨을 맛볼 수가 있거든요
이제 나는 온 세상이 어둠 속에 묻혀 버린다 해도
내 몸이 그 속에서 영원히 헤어 나오지 못할지라도
나는 두렵지가 않아요

그것은 바로 저 등불 때문입니다
어느새 등불이 내 마음에도 불을 밝혀주어
내 마음이 온통 빛으로 가득 차게 되었어요
이제 나 혼자 있어도,
내가 밝힌 등불이 있어서 두렵지가 않은 거예요

이제 혼자 가도 무섭지가 않겠어요
나도 불을 밝히고 걸어갈 수 있게 되었으니까요
어디선가, 불빛을 찾는 나그네가 있다면
나도 그에게 환하게 길을 밝혀주고 싶어요
온통 깜깜한 길을 걷다가 행여 넘어지기라도 하면 어쩌나
염려되어서,
나도 누군가에게 등불이 되어주고 싶습니다
내가 밝힌 등불은 하염없이 작은 등불이지만,
그래도 지금 이 순간, 내 발아래 벼랑이 있는지 없는지는
알 수가 있답니다

아직 아무도 나를 찾는 사람이 없는 것을 보니,
사람들도 저마다 등불 하나씩 밝히며 걷고 있나 봅니다
그렇다면, 언젠가 우리 모두 저 길 끝에서 만나겠지요

그때 서로가 서로에게 등불을 밝혀주면서 웃을 수 있겠지요
그때쯤엔 온 세상이 환하게 밝을 거예요
온 세상 사람들이 저마다 등불 하나씩 들고 있으니까요

아! 나는 생각만 해도 기분이 좋아요
모두가 저마다 등불 하나 밝히고 있는 그날에는
세상이 얼마나 찬란하게 빛날까요?
얼마나 눈부시게 빛날까요?
얼마나 멋지고 황홀한 세상이 올지,
나는 너무나도 가슴이 두근거린답니다

두근거리고 설레는 가슴으로 나는 걷고, 또 걷습니다
바로 지금 이 순간에도,
발아래에 있는 돌부리에 걸려 넘어지지 않으려고
찬찬히 살피며 걸어갑니다

그리고 언제가 우리 모두가 만날 생각을 하며 웃습니다
어둠은 그 끝을 모를 만큼 계속되지만
나는 그저 웃으면서 걸어갑니다
그저 웃으면서요.

별이 빛나는 이유

별들이 빛나는 것은
제각기 홀로 완전하기 때문이다

밤하늘에 빼곡하게 수놓인 별들도
저마다 홀로 빛나는 것임을 안다면
세상 사는 동안
나 홀로 고독하여 죽을 것만 같을 때마다
별을 보아라

별이 거기에 있는 것은
홀로 고독한 시간을 견뎌내야만
빛날 수 있음을 일깨워 주려는 것이니

별이 그러하듯
모든 존재가 다 그러하다
홀로 완전할 때 빛나는 것이다.

아무 데도 없는 나

본래 '나' 라는 것은 없었다
없는 나를 붙잡고
울고불고,
기뻐 춤추고,
괴로움에 뒹굴며 살았다

어디에도 없는 나를 나인 줄 알고
반평생 애면글면했으니
이게 다 꿈이었음을 이제 알았다

꿈인 줄도 모르는 꿈속에서
없는 나를 붙잡고 살다
이제 겨우 잠에서 깨어보니
나는 아무 곳에도 없었다
그리고 나는 그 모든 곳에 있었다

이제 그 모든 곳에 있던 내가
나에게로 돌아온 것이다.

아무 데도 가지 않는 사람

한 번도 집을 떠나본 적 없는 사람이
아무 데도 가고 싶은 데가 없다고 말하는 것은
진실로 지금 있는 그 자리를 사랑하기 때문이다
온전히, 그 자리에 있는 그 순간을 사랑하기 때문에
어디에 가지 않아도 행복한 것이다

한 번도 그 자리를 떠나지 않은 사람을 보거든
그 사람은 홀로 완전한 행복을 누리고 있는 줄 알아야 한다

아무 말 하지 않고도 행복한 사람,
어디에 가지 않고도 행복한 사람이야말로
완전한 행복을 누리는 자인 줄 알아야 한다.

부르지 않아도 대답하는 꽃

내 마음속에는
아주 작은 꽃 한 송이 피어있다

아무도 몰래 피어서
나만 보면 환하게 웃는다

아주아주 작은 꽃이지만
그 꽃이 웃으면
온 세상이 다 환해진다

부르지 않아도 대답해 주는 꽃
소리도 없이 웃어주는 꽃

내 마음속에는 아주 작은 꽃 하나 피어서
온 우주를 밝혀준다
부르지 않아도 환하게 웃으며 대답한다

나야, 나!
바로 너!

바람 앞에 놓인 등불

바람 앞에 놓인 등불은
곧 꺼지고 만다는 걸 모르는 사람은 없다
자신이 곧 꺼지게 될 등불이라는 것을
아는 사람도 별로 없다

바람 앞에 놓인 등불이 되지 말고
바람이 불어도 결코 꺼지지 않는 등불이 되어야 하는데
아무도 '꺼지지 않는 등불'에 대해서는
알려고도 않는다

문밖에 등불을 내걸지 말고
마음 안에 등불 하나 밝히면
영원히 꺼지지 않을 텐데
아무도 그것에 대해 알려고조차 않는다

바람이 부는 대로 흘러가다가
바람 앞에서 훅, 꺼지고 말 인생을 살지 말고
마음 안에 등불 하나 밝혀
길을 가면 좋으련만.

보석과 돌의 차이

보석을 보석이라 하는 이유는
돌멩이들 사이에서 유난히 빛나기 때문이다

보석도 돌이요
돌도 갈고 닦으면 보석이 되니
보석과 돌의 본질은 하나다
빛나는 제 모양이 드러날 때까지 갈고 닦으면
보석이 되는 것이다

누구나 다 제 마음에 빛나는 보석 하나 품고 있으니
스스로 갈고 닦으면
스스로가 보석임을 알게 된다

스스로 닦을 줄 알게 될 때
보석은 빛을 발하게 된다
아무도 자기 안에 감춰진 보석 찾을 생각을 하지 않아서
그냥 돌처럼 구르는 것이다.

보석 중의 보석

세상에서 가장 빛나는 것이
무엇이냐고 물으면
나는 '빛나는 네 눈빛' 이라고 말하리라

햇빛 아래 반짝이는 영롱한 물빛처럼
빛나는 네 눈빛
나는 네 눈빛으로 드러나는
그 빛의 세계를 본다

세상에서 가장 귀한 것이 뭐냐고
누가 물으면
그것은 바로 온기를 담아 따스한
네 눈빛이라고 답하리라

아무 말이 없어도
빛나는 네 눈을 보고 있으면
온 세상이 다 내 것인 것 같아

너는 나의 보석이야
너는 나의 가장 소중한 보석,

가장 귀한 사랑이야.

빛나는 우주

우주를 암흑세계라 하는 말을 믿지 마라
우주는 빛의 세계다
본래 빛의 세계이니
빛나는 우주라고 해야 한다

우리가 보고 있는 것은
빛의 세계가 드리운
그림자일 뿐

빛이 너무 강렬하면
그만큼 그림자가 짙듯이
우주가 너무나도 밝고 거대한 빛이어서
우리는 그 그림자만 보고 있는 것이다

우리가 보고 있는 것은
우주의 그림자 중 아주 작은 한 부분이어서
그냥 우주가 검다고 말하는 것이다

우주는 무한한 빛,
우리가 미처 볼 수 없는 빛의 세계,

우리는 그 일부분의 그림자만 보고
우주가 암흑세계인 줄 아는 것이다

우주는 거대한 빛의 세계,
빛나는 세계 그 자체이다.

고독한 영혼에게

진실로 고독한 사람이란 없다
세상에 있는 모든 영혼들이 서로 형제인 줄 모르기 때문에
고독하다고 착각하는 것일 뿐

세상에 존재하는 그 어떤 것도 고독한 존재는 없다
홀로 고독하여 죽을 것만 같을 때
가만히 눈을 감고 마음 안으로 들어가 보라
그러면 그 마음 안에 있는 또 다른 자기를 만나게 되리니

그때,
그 '또 다른 자기' 가 바로 '진짜 자기' 임을 알게 될 때,
그는 자기 영혼의 이름을 찾게 될 것이며,
세상에 진실로 고독한 영혼이란 없다는 것을 깨닫게 될 것
이다.

고독한 사람의 미소

진정으로 고독한 사람은 미소 짓는다
그가 고독한 삶을 제대로 사는지는
그의 미소를 보면 알 수 있다

편안하고 즐겁게 살고 있는 사람이
홀로 고독할 때,
그는 말없이 미소 짓는다

세상 사람들은 그를 고독한 사람이라 부르고,
때로는 불쌍하다, 쓸쓸하겠다고 측은하게 여기지만
실상을 알고 보면 그렇지 않다

진정으로 고독한 자는
세계를 만난 기쁨을 누리고 있다
그래서 말없이 미소 짓는 것이다.

모든 것은 하나다

모든 것은 하나에서 태어나
하나로 돌아간다
오직 하나에서 나와 하나로 돌아간다

우리가 태어난 곳도
우리가 돌아갈 곳도
오직 한곳,
하나다

우주의 오랜 시간 속에서 와서
다시 그 시간 속으로 돌아가며,
무한한 허공 속에서 와서
다시 그 허공 속으로 돌아간다
그렇게 끝없이 돌고 돌아
다시 제자리로 돌아가
하나가 되는 것이다

우리는 모두 하나에서 와서
다시 하나로 돌아가니
너와 나는 둘이 아니다.

달의 바다, 그 빛

구름을 벗어난 달이 바다를 비출 때
바다는 온전히 달을 품는다
그때 달은 바다의 것이고,
바다는 달의 것이다

사람들은 달 속에 바다가 있는 줄은 모르고
언제나 바다에 비친 달의 환영을 본다

바다에 비친 달은 구름을 벗어난 그 달인데
아무도 그 달 속에 바다가 있다는 것을 알아차리지 못한다

달이 있기 때문에 바다가 있다는 것을 아는 사람은
달과 바다가 하나라는 것을 짐작하고,
또 헤아릴 줄 안다

달을 볼 줄 아는 사람만이
고요한 미소를 짓는 법이다.

만인萬人을 위한 노래

들어라! 만인들아!
춤추는 영혼들아! 들어라!

어디에서 바람이 불어오는가
어디에서 아름다운 노랫소리 들려오는가
영혼의 향기를 맡을 수 있는 사람들은
모두 어디에 숨어있는가

들어라! 만인들아!
춤추는 영혼들아!
귀 기울여 들어보아라!

천상에서 들려오는 아름다운 나팔소리가 들리느냐
고요한 침묵을 깨뜨리지 않는 나팔소리를 아느냐
소리도 없고, 빛깔도 없는 저 미지의 세계를 아느냐
거기에서 들려오는 저 나팔소리를 듣지 못하거든,
영혼들아! 더 이상 그 춤을 추지 말아다오
춤추기를 멈추고, 고요히 그 자리에 머물러다오

아직도 저 나팔소리를 듣지 못하거든,

아무것도 들으려 하지 말고,
아무것도 보려고도 말고,
고요히 숨소리에 귀 기울여 보아라
그 숨은 정녕 어디에서 비롯된 것인지,
네 숨소리에 귀 기울여 보아라

바람이 불어 계곡의 구름이 걷혀가듯이
네 숨소리의 깊은 골짜기에 들어서면,
만인들아! 그대들은 정녕 그 숨이 어디에서 시작되는지
깨닫게 되리라
불멸의 영혼으로, 생명의 근원으로 사는 영혼만이
그 골짜기를 찾아갈 수 있으니,

들어라! 만인들아!
오직, 그 골짜기를 찾는 영혼만이
세기의 격랑에도 흔들리지 않는
깊은 고요와 평화를 얻을 수 있나니,

들어라! 만인들아!
그 깊고 고요한 평화의 골짜기를 찾아

더 이상 바람에 흔들리지 말고,
격랑에 휩쓸리지도 마라
더 이상 바람에 휩쓸려 다니며
뜻 모를 춤을 추지 마라

네 영혼이 쉴 곳은 오직 평화롭고 아늑한 골짜기뿐이니,
이제 그 안식의 골짜기, 영혼의 고향을 찾아라!

4부

세계의 순수純粹

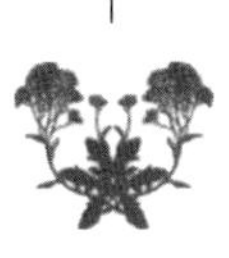

작은 새 날아가네

저기 작은 새 한 마리 날아가네
수십 년 동안 나와 더불어 살던 작은 새
이제야 나를 떠나 날아오르네

아직도 내가 저인 줄 알고 있던 새에게
나는 고맙다고 말해주었지

'작은 새야, 이제 나는 내가 누구인 줄 알았단다'

그러자, 작은 새는 훨훨 하늘로 날아갔어
작은 새도 자신이 누구인지 알았던 거지
그제야 자기가 날 수 있다는 것을 깨달았던 거야

작은 새야,
고마워,
안녕.

거북이 등껍질

거북이 등껍질을 보고 점占 치는 사람이 있다면
그는 거북이 등껍질 속에 우주가 다 들어있다고 믿는 사람
이다

거북이 등껍질 속에 우주가 다 들어있다면
존재하는 모든 사물 속에 우주가 다 들어있는 것이다

우리가 아는 것이 하나도 없다 하더라도
존재하는 모든 것들 속에
우주가 다 들어있는 줄을 안다면
우리는 우주를 다 아는 것이다
그것이 바로 우주적 존재로 살아가는 것이다

거북이를 보거든
거북이가 우주를 짊어지고 가는 줄 알면 되는 것이다.

너는 나의 보배야

고독 속에서 만나는 영혼이여
그대는 내 마음의 보배
진귀한 보석보다 귀한 보배

이 세상 어디에서도 만날 수 없는
이 세상 그 어디에서도 볼 수 없는
단 하나의 보배
영혼의 정수

영혼의 한 점,
빛.

한순간도

한순간도 떠나지 않는 마음이 있다
이랬다저랬다 하지 않고
오직 마음 한 가운데,
가장 깊은 곳에 있는 마음이
진짜 자신의 마음이다

시시때때로 변하는 것은 가짜 마음,
한순간도 자기를 떠나지 않는 마음이야말로
자기의 진짜 마음이다

가짜 마음에 놀아나지 말고
한순간도 떠나지 않는 진짜 마음으로 살아야
진짜, 제대로 사는 것이다

한순간도
이것을 잊으면 안 된다.

지구인

내가 지구에 살고 있는 줄도 모르고
살 때가 있었다
내가 '지구인' 이라는 것을 모르고
살 때가 있었다

내가 살고 있는 곳이 지구이고,
내가 지구에 사는 인간인 줄 알게 되었을 때부터
나는 사랑에 대해 고민하기 시작했다

결국, 내가 지구에 사는 동안 알아야 할 것이
오직 사랑뿐인 것을 알게 되었을 때
비로소 지구를 알게 되었고,
지구를 사랑하지 않으면 안 된다는 것을 알았다

지구인이 되어서 사랑을 깨닫게 되는 게
바로 지구인이 '인생' 이라 부르는 것임을 알았다

여기까지 오는 게 쉽지는 않았지만
그걸 알고 나니, 참 좋다!

지구에 사는 게 얼마나 행운인지 알게 되었으니까,
사랑이 무엇인지 알게 되었으니까
진짜로 좋은 것이다

이것이 바로 지구인으로 사는 동안 누릴 수 있는
최상의 기쁨인 줄 알게 되었으니까.

나 혼자만 아는 집

저 멀리 아득한 봉우리에 얹힌 구름을 보면
저 구름 너머에 나의 집이 있는 것 같았어요
아직 한 번도 본 적 없고
도무지 거기에 집이 있으리라 믿기지도 않았지만,
나는 자꾸만 거기에 집이 있다고 믿고 싶었어요

오랫동안 나는 그 집에 돌아가기 위해
태어난 것만 같다는 생각을 했어요
태어나서 살아오는 동안 내내,
그 집에 돌아가서 쉬고 싶다는 생각을 하며
아등바등하는 것 같았어요

높은 봉우리 위에 구름처럼 얹힌 집은 정말로
아득하기만 하잖아요
그래서 나는 수없이 넘어지고, 깨지고, 무너져 내렸어요
그러고 나서 이제야 알게 되었어요
그 집은 바로 내 마음속에 있다는 것을요

이제껏 나는 내 마음속에 있는 내 집을 내버려 두고,
저 높은 봉우리를 찾아 구름 속을 헤맸지 뭐예요

아! 나는 이제야 내 집에서 편히 쉴 수 있게 되었어요
오직 나 혼자만 아는 나의 집

누구라도 자기 마음속에 있는 자기만의 집을 찾기 바래요
부디, 여러분 모두 자기 마음속에 있는 멋진 집을 찾기 바
래요

나는 이제 여태 가보지 못한 나의 집으로 갑니다
그 집에 가서 편히 쉬려구요
여러분도 모두 편히 쉬시기 바랍니다.

한 떨기 장미꽃잎이 지고 나면 무엇이 남는가

화려한 장미꽃이 활짝 피었을 때
사람들은 장미꽃을 바라본다
그리고 향기를 맡는다
사람들은 장미꽃이 활짝 피었을 때만이 장미가 장미인 줄
을 안다
습관처럼

그러나 장미꽃이 시들고,
꽃잎이 하나, 둘 떨어지기 시작하면
이내 고개를 돌리고 외면한다

사람들의 시선에서 벗어난 장미는
혼자 고독하게 꽃잎을 떨구는 법이다
그것이 장미의 한 생生이다

마침내, 마지막 남은 한 떨기 꽃잎이 땅에 떨어졌을 때는
아무도 그 사실을 깨닫지도 못 한다

사람들의 시선이 머물지 않을 때,
장미는 존재에 대한

의문을 던진다

꽃잎이 다 떨어지고 난 뒤,
메마른 꽃받침과 가시 달린 줄기, 시든 이파리와
땅속의 뿌리가 온몸을 떨며 겨울을 견딜 때,
장미는 비로소 존재의 비밀을 깨닫는다
한 번도 돌아보지 못한 뿌리의 사연을 들어줄 수 있게 된
것이다

아무도 돌아보지 않는 장미 한 그루가
마침내 우주의 신비를 깨닫게 된 것은
기나긴 겨울밤이었고,
아무도 없는 깊은 고독의 순간이었다

마지막 남은 꽃잎이 떨어지고 나면
고독한 존재만이 남는다는 것을
장미는 깨닫게 된 것이다.

세계의 순수純粹

오유지족吾唯知足 하는 영혼은 감사할 줄 알게 된다
감사할 줄 아는 영혼은 길이 어디로 이어지는지 알게 된다
길을 따라가다 보면 마침내 한 곳에 도달하게 되고,
그 길의 끝에 닿았을 때 영혼은 스스로를 깨닫는다
그 누구도 같이 갈 수 없는 세계의 끝에 다다랐을 때
영혼은 절대고독을 만난다
영혼이 절대고독을 깨닫게 되면
온 우주가 하나임을 알게 되고,
온 우주가 하나인 줄 알게 되었을 때,
영혼은 세계의 순수를 맛보게 된다
그 어떤 것도 침범할 수 없는,
그 어떤 것에도 침범당하지 않는
절대고독의 한순간!
그것이 바로 세계의 순수다
세계는 영원하고,
영혼은 결코 죽지 않으며,
사라지지 않는다
그것이 순수의 세계, 절대선絕對善이다
바람이 불어오는 곳으로 길을 떠난 여행자는
그 길의 끝에서 순수를 만나게 되는 것이다

그 순수를 만난 여행자만이
아버지의 집에 무사히 도착할 수 있다
이제 누구라도 그렇게 걸어가면
세계의 순수를 만나게 될 거라고,
그는 말할 수 있게 된 것이다.

우리가 우주宇宙라고 말하는 것

우리는 자주 우주에 대해 말한다
우주가 마치 우리 곁에 있는
사물이라도 되는 것처럼
사과나 연필, 지우개와 같은 거라고
우주를 생각하면 안 된다

우주를 우주답게 생각하는 것은
우주가 자기 마음과 같다고 생각하는 것이다

그러니까,
우주를 가장 우주답게 하는 것은
자기 마음이 곧 우주라는 것을
깨닫는 것뿐이다.

평화로 가는 길

침묵은 고요로 가는 계단
한 걸음 한 걸음 침묵의 계단을 올라
고요에 다다르면
하나의 문을 만나게 된다

빛으로 가득 찬 평화의 세계는
바로 그 문 뒤에 숨어있어
누구든지 평화의 세계로 가고자 한다면
침묵의 계단을 밟고
고요에 이르러야만 한다

마침내 고요에 다다르면
그대, 빛의 문을 열고 들어가라
그 문을 여는 그때,
평화의 세계에 들어서게 되리라.

한 번도 들어본 적 없는 아름다운 노래

누군가 당신을 위해 노래 불러줄 때
당신은 참으로 행복한 순간을 살아요

누군가 당신을 위해 노래 불러줄 때
당신은 세상에 오직 단 한 사람,
당신 자신만을 생각하세요

당신이 얼마나 아름다운 사람인지,
당신의 영혼이 얼마나 고귀한지
당신 스스로가 알아차려야 해요

세상에서 단 한 번도 들어보지 못한
아름다운 노래는
언제나 당신의 영혼 안에서
당신을 축복하고 있어요

이제 눈을 감고,
고요하게 앉아
마음의 소리에 귀 기울여 보세요

당신을 위한 노래가
당신의 영혼을 축복해 주고 있어요.

칸타빌레 칸타타

우리와 함께
별들의 노래를 들어보지 않겠어요
칸타빌레[1] 칸타타[2]

도시로 간 그대여
별이 보이시나요
별이 보이지 않는다면
눈을 감고
마음속에 별을 그려보세요

당신의 마음속에 별이 뜨는 그 순간
당신은 별의 노래를 들을 수 있을 거예요
당신의 영혼이 그 노래를 들을 수 있을 때까지
고요와 침묵 속에서
별을 바라보세요

당신이 마음속에서 별을 만날 수 있을 때
아름다운 우주의 노래를 들을 수 있을 거예요
칸타빌레 칸타타.

1) 칸타빌레: 악보에서 노래하듯이 연주하라는 말.
    cantabile(이탈리아어)
2) 칸타타: 17~18세기 바로크 시대에 성행한 성악곡의 한 형식.
    cantata(이탈리아어)

축복의 노래

아직 잠에서 깨어나지 않은 아기의 머리맡에서
축복의 노래를 부릅니다
노래는 신비한 씨앗이 되어
잠자는 영혼에게 맑고 맑은 샘물이 되어줍니다
영롱한 샘물이 방울방울 흘러 들어가
아직 잠 깨지 않은 영혼의 세계를
생명으로 채워주지요

사랑이 담긴 영혼의 노래는
아직 잠에서 깨지 않은 아기에게
무럭무럭 잘 자라라고 축복해 주어요
잠에서 깨어나 한 발, 한 발 걸음마를 배울 때
넘어지지 않기를, 혹여 넘어지더라도
다치지 않게 해달라고 기도합니다

아기가 무럭무럭 자라나
언젠가 먼 여행을 떠날 때에도 다치지 않도록,
상처 입지 않게 해달라고 기도합니다
그를 위해 축복을 내려주십사고
간절한 마음으로 기도합니다

아직, 잠에서 깨어나지 않은
수많은 아기들을 위해
나는 이 밤, 잠들지 못하고 기도를 올립니다
축복의 노래를 부릅니다.

영혼의 황금열쇠

그대 아름다운 영혼이여!
머리 위에 둥근 화환을 쓰고
진줏빛 옷자락을 드리운 이여!
그대 손에는 이제 아름다운 영혼만이 가질 수 있는
황금열쇠가 들려져 있군요

그대 아름다운 영혼이여!
고귀한 영혼이여!
눈부신 화환을 머리에 두른 영혼이여!
하얀 발끝을 사뿐히 내딛으며 어디로 가나요

아직 가보지 못한 저 미지의 세계,
훈풍이 불어오는 저 바다로 가려는가요?
아무도 열지 못한 비밀의 문을 열고
머나먼 신비의 세계로 가려는가요?

그대! 영혼이 향기로운 이여!
아무도 가닿지 못한 그곳에 이르러
신神은 당신에게 빛나는 황금의 열쇠를 주셨군요

아득한 저 신비의 문을 열 수 있는
비밀의 열쇠를 가진 이여
꿈꾸듯 미소 짓는 그대여!
바람이 이끄는 대로 가는 이여!

그대는 빛,
그대는 사랑,
그대는 온전한 세상 전부입니다.

귀향

머나먼 곳을 떠돌다 고향집으로 돌아온 이에게
집은 무엇일까요?
잠을 자는 곳일까요?
그렇다면 그는 그동안 어디에서 잠을 잔 것인가요?

집이 만약 잠을 자는 곳이라면
그는 지금까지 수없이 많은 집을 가진 것이었으니,
딱히, 고향의 집으로 돌아올 이유가 없었겠지요
잠을 자고, 몸을 쉬게 하는 곳이 집이라면
그에게는 이미 수없이 많은 집이 있었겠지요

이제 와서 그가 고향의 집으로 돌아온 이유는 무엇일까요?
그 어디에도 없는 고향의 집으로 돌아온 이유는 무엇일까요?

오랜 세월 떠돌던 이가 이제야 고향집으로 돌아온 것은
마음이 머물 곳, 마음이 쉴 곳이 필요했기 때문이지요

그 어디에도 없는 고향의 집으로 돌아온 그는
그제서야 자기 마음을 돌아보게 된 것입니다

집은 마음이 쉬는 곳이라는 것을 알았을 때,
비로소 마음의 존재를 깨달은 것이지요
그래서 '귀향'이란 마음을 알아차린 것이라 할 수 있지요

지금 당신은 어떤 집에 머물고 있는가요?

2026년 1월 좋은 날에

권효진

세계의 순수純粹

발행 | 2026년 1월 15일

지은이 | 권효진
발행인 | 신중현
표지디자인 | 박병철
책임편집 | 양성애
책임교정 | 박선아
마케팅 | 신호철

발행처 | 도서출판 학이사
출판등록 | 제25100-2005-28호

대구광역시 달서구 문화회관11안길 22-1(장동)
전화_(053) 554-3431, 3432   팩시밀리_(053) 554-3433
홈페이지_http://www.학이사.kr
이메일_hes3431@naver.com

ISBN_979-11-5854-601-4 03810